KB237561

청어詩人選 115

내 모든 것을 다 주어도

| 비추라·김득수 시집 |

청어

내 모든 것을 다 주어도

김득수 지음

발행처 · 도서출판 청어
발행인 · 이영철
영　업 · 이동호
홍　보 · 최윤영
기　획 · 천성래 | 김홍순
편　집 · 김영신 | 방세화
디자인 · 김바라 | 서경아
제작부장 · 공병한
인　쇄 · 두리터

등　록 · 1999년 5월 3일(제22-1541호)

1판 1쇄 인쇄 · 2013년 9월 1일
1판 1쇄 발행 · 2013년 9월 10일

주소 · 서울 서초구 서초3동 1595-10 봉양빌딩 2층
대표전화 · 586-0477
팩시밀리 · 586-0478

홈페이지 · www.chungeobook.com
E-mail · ppi20@hanmail.net
ISBN · 978-89-97706-80-8 (03810)

내 모든 것을
다 주어도

| 시인의 말 |

세상을 살면서
고독한 마음을 갈고 닦아
가슴에 와 닿을 시집 『내 모든 것을 다 주어도』를
새롭게 펼칩니다

예전 시집은 사랑으로 시작해서
사랑으로 끝을 내는 감성적인 사랑시였다면
5집에서는 믿음으로 삶을 살면서
그 배경을 소심하게
꾸며봅니다

이번 시집에도

여러분 마음에 아름답게 읽어지기를 기대하며

끝까지 비추라에게

마음을 가져 주시고 사랑으로 함께한

우리 독자님들께 감사를 드립니다

비추라·김득수

c·o·n·t·e·n·t·s

시인의 말 · 4

1
측량할 수
없는 사랑

사랑하고 사랑받자 · 10 ｜ 연단으로 태어납니다 · 11
달콤한 기도 시간들 · 12 ｜ 눈물로 응답을 받으며 · 14
지금은 부르짖고 기도할 때 · 15
악은 선을 해하지 못하리라 · 16 ｜ 기도는 성령이 임한다 · 18
주여 주여 부르짖어도 · 19 ｜ 성전을 지키자 · 20
한 영혼을 섬기기 위해 · 22 ｜ 주님 품에 안길 여인 · 23
옥합을 깨뜨려라 · 24 ｜ 기도는 순서가 있습니다 · 25
난 모두를 사랑합니다 · 26 ｜ 내 모든 것을 다 주어도 · 27
당신을 따를수록 행복합니다 · 28 ｜ 그리스도의 전령사 · 29
세상에 지나치게 빠지지 마라 · 30
하늘과 땅의 영광입니다 · 32 ｜ 측량할 수 없는 사랑 · 33
개 같은 내 인생 · 34 ｜ 주님께 순종하는 당신 · 35
사랑하는 자신도 믿지 마소서 · 36
당신께 사랑받고 싶습니다 · 37 ｜ 위대한 사명 · 38
천하보다 귀한 한 영혼 · 40 ｜ 사랑을 위해 기도했습니다 · 42

2
꿈의 세계,
제주로
오세요

사랑의 편지를 띄우며 · 44 ｜ 스테이크를 먹는 날 · 45
나의 사랑하는 원수 · 46 ｜ 환상의 바다, 제주에서 · 48
꿈의 세계, 제주로 오세요 · 50 ｜ 인정 많은 제주에서 · 51
꿈의 여행 · 52 ｜ 꿈은 이루어진다 · 53
사랑하는 그녀와 제네바에서 · 54
샹젤리제에서 즐거운 오후를 · 56
아라비아 사막을 달리며 · 58 ｜ 아프고 또 아파서 · 60
날 아프게 했던 여인 · 62 ｜ 샤론의 꽃 수선화 · 64
젊음을 질투하지 않으리라 · 65 ｜ 당신 사랑이 아름다워요 · 66
눈에 넣어도 아프지 않을 사랑 · 67 ｜ 보고 있어도 보고 싶다 · 68
천생연분이 따로 없다 · 70 ｜ 소중한 친구 · 72
친구야, 힘내라 · 74 ｜ 부끄러운 뱃살을 감추고 싶다 · 75
가슴 설렌 연주회장에서 · 76 ｜ 사랑을 베풀어라 · 78
과실나무처럼 열매 맺는 삶 · 80

3 사랑은 멀리 바라봐야 아름답다

바닷가에서 마음을 던지며 • 84 | 조용히 울고 싶을 때 • 85

고난 속에 오는 아픔 • 86 | 그대만 생각하면 눈물이 난다 • 87

취하도록 술을 마시고 싶다 • 88

사랑은 멀리 바라봐야 아름답다 • 89

영원한 사랑은 나에게 있다 • 90 | 나도 사랑에 빠졌습니다 • 92

그대를 사랑으로 맞이하면서 • 93 | 사랑을 쟁취하기까지 • 94

그대를 보면 사랑이 보입니다 • 96 |

한밤에 차 한 잔을 마시며 • 97 | 사랑합니다, 나의 예수님 • 98

기도했습니다 • 100 | 또 한 해가 가는구나 • 101

중년을 맞은 인생은 즐겁다 • 102 | 축복의 선물 • 103

예뻐지고 사랑받고 싶어서 • 104 | 오월의 여왕 • 105

순자야, 너를 사랑해 • 106

믿음을 점검할 필요가 있습니다 • 108

마음이 신실치 않은 자 • 109

박순애 전도사님 초청 부흥회 • 110 | 공동체를 위하여 • 111

4 사랑은 핑크빛에 물들고

그대를 사랑하렵니다 • 114 | 사랑은 핑크빛에 물들고 • 115

미소 가득히 사랑합니다 • 116 | 사랑하는 그대였나 • 117

사랑하는 그가 보고 싶습니다 • 118 | 끝없는 그대 사랑 • 119

사랑한다고 하잖아요 • 120 | 나만큼 사랑하나요 • 121

내 마음이 왜 이럴까 • 122 | 사랑은 파도를 넘어 • 123

사랑이 숨 쉬는 바닷가에서 • 124 | 가슴 설렌 봄 • 125

보고 싶은 그대이시여 • 126 | 봄바람아, 불지 마라 • 127

그대가 사랑을 부인한다 해도 • 128

모든 것 다 내어 주리라 • 129 | 밤은 우릴 기다리는데 • 130

수천 번 사랑한다 말해도 • 131

할 말이 많아 시를 짓습니다 • 132

당신 없인 살 수 없습니다 • 133 | 사랑앓이 • 134

사랑을 고백하고 있습니다 • 136

우리의 사랑을 갈라놓아도 • 137 | 그대는 사랑입니다 • 138

아름다운 사랑을 해라 • 139 | 가슴으로 하는 사랑 • 140

사랑은 아직 끝나지 않았습니다 • 141

사랑의 인연이라면 • 142

 ・・・・・ 내 모든 것을 다 주어도

1
측량할 수 없는 사랑

사랑이 많으신 당신은
나의 육신과 맘을 꼭 붙드시고 날마다
사랑과 축복을 베풀어 주셔서
내 영혼이 너무나
아름답습니다

사랑하고 사랑받자

사랑이란 보낼수록
부메랑처럼 다시 돌아오는 것
사랑하고 사랑받자

남을 비방하고 미워하는 것은
내 치부(恥部)를 드러내놓고 허물을 보이는 것이라
용서는 사랑이요
그 사랑에 나 자신이 평안할 것이라

평소에 사랑으로
다져진 자는 오해의 소지에 휘말려도 그 사랑이
나를 권면(勸勉)하고 풀리지 않는 오해는
오래가지 않을 것이다

빗발치는 비난이
화살처럼 쏟아져도 자신이 낮아지고 상대를 이해하며
사랑함에 그 화살은 비켜간다

나의 방패와 화살은 사랑이라
사랑은 좋아하는 이보다
미워하는 자를 더욱 사랑해 주는 것이기에
사랑한 만큼 그가 나를 지키고
사랑해 줄 것이다

연단으로 태어납니다

나약한 자신이
쓰임을 받고자 파도처럼 밀려오는
험난한 고난을 불같은 연단으로
다져갑니다

집 나간 탕자처럼
방탕한 길로 갈수록
고난의 연단은 길어지고 말로는 형용할 수 없기에
고집스러운 마음을 돌려놓고
자신을 새롭게 다듬습니다

연단 없인 승리할 수 없는
나 자신이었기에
앞길이 열리지 않는 삶을 뒤돌아보며
당신의 훈련으로 아픈 가시밭길을
기쁨으로 걸어봅니다

길고도 짧은 인생
인간의 생각대로 행하려는 그 신앙을
성령의 연단으로 견고하게 다지며
정금(正金)과 같이 새롭게 태어납니다

달콤한 기도 시간들

철야 기도가 있는 날
많은 형제자매 모여 할렐루야 찬양으로
주님께 영광을 올리니
은혜롭다

그런데 목사님의
통성 기도 시간은 짧아
기도의 탄력을 받을 때쯤 아멘으로
기도가 바뀌어 아쉽다

나라와 민족
그리고 교회 부흥을 위한 기도
병든 자들 목회자 교사 많은 직분자들을 위한
기도 제목은 많으나 짧게 지나간다

금요 철야 기도 시간은
끝나가는데 개인 기도 하라는 말씀이 없으셔
갈급하고 목마른
나의 기도는 언제 해야 하는지
안타깝다

그러나 나의 기도는
올리지 않았는데 주님은 응답하시고

훗날 이루어지게 하는지
평소 매달려 기도한
보람이 있다

눈물로 응답을 받으며

마음이 좀 헤퍼
세상에서 넘어지고 자빠져서
얻은 상처를 지우기 위해 차를 몰고
기도원에 왔습니다

끝없는 간구에도
이루어지지 않는 기도를 놓고
오늘만큼은 오산리 금식기도원에서
떼를 쓰며 주님께 눈물로
대신해 봅니다

마음과 영혼에
가식 없이 때꼽을 씻으니
막힌 영혼은 활짝 열리고 주님은
함께 하십니다

주님이 나침반처럼
내 맘을 움직이고 그 말씀 따라가니
보이지 않던 응답이 기다리고
있습니다

지금은 부르짖고 기도할 때

이 나라의 많은 교회가
높아져만 가는데 영적인 믿음은 어린아이
수준으로 땅 끝에 떨어져 간다

요즘 신앙인은 예수를 믿고
예배당엔 나가지만
자기 십자가를 지고 갈 구원의 확신이 없으니
천국의 때가 되어도
곳간에 곡식은 가득 채워가나
천당엔 관심도 없다

주님과 멀어져
길 잃고 방황한 양처럼
텅 빈 유럽의 교회들을 보면 알 수 있듯이
지금 이 나라, 이 민족은
성령 충만한 영적 기도가 시급한 게
아닌가 싶다

악은 선을 해하지 못하리라

삶 속에
강한 자를 붙이시어
가시와 같은 고통을 떠안겨 주는 것은
나 자신을 뒤돌아보기 위한
하늘의 뜻이
담겨 있기도 하다

세상 상사가 되었든
친구가 되었든 핍박과 도전은 언제나
짜증스럽게 다가오는데
그것을 이겨내기 위해선
많은 인내와
기도가 필요하다

악은 악을
무너뜨릴 순 있어도
악은 선을 결코 해하지 못하리라
그러나 격분하여 함께 대적하는 것은
불난 데에 기름을 들이대는
것처럼 좋지 않아
마음이 늘 너그러워야 한다

남을 괴롭히기를 잘하고

분을 잘 내는 자는
사탄에 붙들려 있는 자이니
대항하기보다는 사랑과 지혜로
그를 다스려 보자

기도는 성령이 임한다

신앙의 기본자세는 말씀과 기도라
기도 없는 신앙생활과 봉사란 아무리 열심히
한다 해도 모든 일을 망치고 만다

기도 없이
행함을 나타내려는 것은 주님의 거룩한 뜻보다
자기의 생각대로 모든 것을 드러내려는
사탄의 역사가
함께할 수 있기 때문이다

그러므로
말씀과 기도가 없는 행함은
잘한 것 같아도 나를 잘 지키지도 못하고
열매 맺는 그 끝은
가라지만 무성해질 것이다

주여 주여 부르짖어도

주여 주여
소나무를 뽑을 듯 밤낮 주께 부르짖어도
떡을 뗄 때엔 주님을 부를 줄 모르고
감사하지 않으니
하늘에 영광이 되지 않는다

자기 혈육들에겐
모든 것을 다 내어 줄 듯하나
집 앞에 찾아온 거지는 밥그릇을 차버리고
문을 닫아버리니
주님이 그 집 안을 찾아가도
알지 못할 것이라

자기 이익을 위해선
물불을 가리지 않고 받아가나
봉사와 물질을 드리고자 형제들이 나설 때면
나 자신의 것도 함께 쓸려나갈까
한사코 말리더라

예배당에선 거룩해서
형제들을 구원은 한다고는 하나
자신은 구원받질 못하고
하늘의 때가 가까워져도 깨닫지 못하니
그는 이미 주님이 떠난 자라

성전을 지키자

주님의 자녀는
누구나 한 형제요 자매입니다
그러므로 형제들과는 싸우며 등지는 일은
없어야 합니다

형제자매는
누구나 높고 낮음이 없는
갈급한 심정으로 주님을 찾아왔기에
그 누가 뭐라 해도
주님의 집을 떠나선
안됩니다

형제를 미워할 이유도 없고
속상해서 상처받아야 할 일도 없기에
그 누가 날 미워한다 해도
너그러운 마음을 가져야 합니다

자기 생각대로
교회를 자주 옮기는 것은
쇼핑하듯 마음을 사고파는 집시 신앙이라
어딜 가도 환영받지 못합니다

지금 섬기는 교회에서

형제들과 사이가 원만치 않는 것은
자신의 믿음에도 문제가
있을 수도 있습니다

이런 신앙을 가지고
어느 교회를 가도 또 날 미워하는 자가
기다릴 것이기에
형제를 사랑하며 지금 교회를
잘 섬겨야 합니다

한 영혼을 섬기기 위해

생명은 귀하나
나를 버리고 그 나라와 그 의(義)를 위해
선교지로 떠나고자 하오니
허락하소서

말씀대로 나를 만든 이도
당신이고 거둘 자도 오직 당신이었으니
이 못난 머슴을 통해 당신의 뜻을
이루소서

그동안 주님께 받은
사랑의 빚을 갚고자 행함으로 오라면 오고
가라면 가겠나이다

한 영혼이든 두 영혼이든
주님께 돌아올 백성을 기뻐 받아주시고
승전가를 부르며
주님께 영광 돌리게 하옵소서

훗날 허락한 그 땅에
새롭게 거듭날 많은 영혼을 품으시고
그들을 귀히 여겨 축복하소서

−의료 선교 준비 중에

주님 품에 안길 여인

세상 어느 여인이
당신보다 곱고
어떤 꽃이 당신 마음처럼 아름다울까

삶이 어려워
비록 두 손은 거칠어졌어도
가식 없는 믿음에
예배당 식당 봉사를 묵묵히 지켜가는 당신은
세상에서 가장 아름다운
여인이어라

누가 뭐라던 간에
좌로나 우로나 치우치지 않고
주어진 소명을 따라 매 주일 주님의 일을 행하는
헌신적인 마음이 너무나 곱다

가방만 들고 시계추처럼
예배당을 다녀가는 멋쟁이 여인보다
두 소매 걷고 구정물에 손을 담근 당신이
옥합을 깨친 여인 못지않게
아름답다

– 식당 봉사를 묵묵히 하는 김기옥 집사님을 보며

옥합을 깨뜨려라

믿음은 막달라 마리아처럼
옥합을 깨뜨리는 믿음을 가져라

대가를 바라는 믿음은
가룻 유다와 같이 이익을 내야 믿는
신앙으로 자신의 영혼을
멍들게 한다

이 말은 생명의 말씀처럼
사랑하는 우리 형제자매님들과
나 자신에게
꼭 전해 주고 싶었다

기도는 순서가 있습니다

기도는 순서가 있습니다
찬양과 회개 감사 간구 기도를 드린 후
그리고 예수 이름으로 경건하게
기도를 드려야 합니다

기도는 모든 게
중요합니다
그러나 죄를 회개치 않고는
아무리 간절히 기도한다 해도 주님은 그 기도를
들어주시지 않습니다

죄를 자복하고
회개하려면
모든 죄를 내려놓고 철저히 해야 합니다
죄는 주님과 나의 사이를 가로막는
장벽과도 같고
또한 죄는 사탄의 싹을 띄울
씨앗과도 같습니다

죄를 회개치 않고
기도하는 것은 사탄이 주는 악한 영에
응답은 마음을 교만하게 움직여
자신의 영혼을
어둡게 만듭니다

난 모두를 사랑합니다

언제부터인지
두 친구의 우정이 금이 가고 원수처럼
싸우고 있습니다

그러나 난 그 두 친구를
세상에서 가장 사랑하고 존경합니다

그동안 두 친구 간에
무슨 일이 벌어졌기에 그토록 미워하며
싸우는지 나의 맘까지도
편치 않습니다

난 사랑하는 두 친구가
서로 사이좋게 지내기를 오늘도
주님께 기도할 뿐입니다

내 모든 것을 다 주어도

당신 앞에
울고 싶어도 울지 못하는
욥과 같은 인생 파도처럼 밀려오는 고난과
시련에도 감사할 수밖에 없는
이 심정을 당신은 어떻게
해명하리오

당신은
이 땅에 영혼들을
한없는 사랑으로 지켜 가시는데
난 피눈물로 얼룩져가니 그 아픔을 무엇으로
감당하리까

가시밭길의 고난을
난 말씀과 기도로써 당신과 동행하고 있는데
험난한 고난의 그 끝은
어디까지이었는지
내 모든 것을 다 주어도 아깝지 않을
당신께 묻고 싶습니다

-김서운 권사님의 파도처럼 밀려오는 고난을 대신해 보며

당신을 따를수록 행복합니다

이토록 세상이 달콤할까

당신을 따라갈수록
영혼에 달콤하게 와 닿는 성령의 말씀에
내 인생은 꿈을 꾸듯 행복하고
아름답습니다

샘물처럼 흐르는
당신의 쓰고 단 말씀이
내게 임하시니 이루지 못한 꿈이 이루어지고
험난한 삶과 가슴에 상처가
안개처럼 걷히나이다

당신의 말씀에 빠져
하루의 삶을 시작할 때면 그 즐거움은
말할 수 없는 기쁨에
허락하신 하루가
너무나 짧고 달콤합니다

−성경을 보면서

그리스도의 전령사

사랑을 잃어버린
한 영혼을 구원할 일이라면 만사를 제치고
고운 미소에 끝을 보고 마는
부평의 샤론의 꽃

세상에 이토록
예쁜 여장부가 있나 달고 쓴 사랑 모두 삼키고
고운 열매 맺으니 측량할 수 없는 사랑
빛과 소금에
천사도 무척이나 부러워할
주님의 딸

이젠 지칠 때도 되었건만
그러나 끝없는 도전에 불가능은 없다

비가 오나 눈이 오나 천하보다 귀한 한 영혼을
놓고 기도를 하니
가시밭길이 무지개 카펫이 깔리고
천국의 생명책에서
그의 이름이 영원히 지워지지 않을
사랑의 전령사

－천사도 부러워하는 조동이 권사님

세상에 지나치게 빠지지 마라

세상을 말세라 하지 마라
세상이 나를 보는 눈에도 그럴 수 있고
나 자신도 예외는 아니니까

예전엔 이 나라 이 민족이
믿음이 뜨거웠는데 요즘은 왜 이 모양인가
책망을 할 수는 있으나 나의 믿음도
그만큼 처져 있을 수 있다

주님을 따라가는 자는
기도하는 형제들을 자주 볼 것이나 믿음이 없는 자는
주님이 지금 내 앞을 지나가도
알지 못할 것이기에
지금 나 자신이 어디에 서 있는지를
생각해야 한다

영혼이 아름답기를 원한다면
주님의 시간을 비워 놓고
세상의 많은 프로그램을 짜지 마라
마음을 빼앗겨 주님의 말씀이
떠나간다

주님과 함께하는 삶은

기도와 말씀이 끝없이 떠오르고 말세가 온다 해도
믿음 안에서 아름다운 세상을
바라볼 것이다

그러나 주를 멀리하는 자는 악한 영이 뜸을 타
세상 사람들과 별다를 바 없다

하늘과 땅의 영광입니다

이 땅에 믿음의 씨앗을 뿌려
깊은 산 속까지 은은한 종을 울리게 하시니
하늘과 땅의
무한한 영광입니다

메마른 사막에
단비를 내리셨듯 이곳에도 당신의 종을 보내시어
달콤한 사랑의 말씀으로 수를 놓으시니
우리의 영혼이
새롭게 거듭납니다

철 따라 예쁜 야생화로
성전을 아름답게 가꿔 은혜로운 찬양을 올리니
산천초목은 춤을 추고 그 믿음의 향기는
세상을 향해 물결칩니다

-가평 적목 교회에서 예배를 드리며

측량할 수 없는 사랑

내 영혼 속에
살아 숨 쉬는 사랑하는 당신이시여

당신께서
나에게 내려주신 이 아침의 사랑

감당하기엔 턱없이 부족한 자신이지만
심연의 잠에서 깨어나게 하시고
내 영혼을 촉촉이 적시니
은총입니다

사랑이 많으신 당신은
나의 육신과 맘을 꼭 붙드시고 날마다
사랑과 축복을 베풀어 주셔서
내 영혼이 너무나
아름답습니다

당신을 바라볼 때마다
꿈과 소망으로 갈 길을 밝히시고
삶 가운데서
기쁨을 채워 주시니 측량할 수 없는 사랑
내 인생은 얼마나 행복한지
모릅니다

개 같은 내 인생

삶을 개척지 않고
모든 게 행복이라 나 자신마저 속이며
세월 따라 끌려 온 내가 부끄럽고
안타깝다

이토록 좋은 세상에
반평생을 방황하며 파란만장한 삶을 살았으니
세상 나 같은 게 또 있을까

나그네 인생처럼
긴 여정을 따라 물 흐르듯 쉽게 살아 버렸기에
열매 맺지 못한 인생
이 나이에 내놓을 것이라고는
하나도 없다

그나마 철들지 않은 나를
사랑으로 붙잡아 주시고 죽음에서 날 건지신
주님이 있었기에
여태껏 살아 숨 쉬는지 모른다

주님께 순종하는 당신

말없이 순종하는 당신은
주께서 예비하신 사랑하는 아들이요
훗날 성전에 기둥이라

세상을 섬기며
주님과 함께하는 당신은 영혼이 늘 깨어 있겠고
어떠한 시험이나 고난 중에도
주 안에서 성품은 곧으리라

기쁨으로 성전을
아름답게 꾸며가는 당신이었기에 주님께서
삶 끝까지 동행하겠고
그 영혼은 빛이 나리라

지금까지 지내 온 삶이
세상 빛과 소금이요 주님의 소명이었기에
곱게 맺은 그 열매
밝은 하늘 문을 열리라

–주께 순종하는 송기문 집사님

사랑하는 자신도 믿지 마소서

그대이시여
주님을 바라보소서
세상에서 가장 사랑하는 사람도
믿지 마소서

두 손목을 잡아주던
사람도 언젠간 상처만 남기고
떠날 때가 있을 것이니까

자신도 믿지 마소서
나를 속이고 자신을 아프게 만드는 자가
바로 나였기에 믿지 마소서

믿던 자신도
나를 지키지 못하고 바른길로 인도하지
못할 때가 잦습니다

그대여 힘든 삶을
슬퍼하거나 아파하지도 마소서
세상 것을 바라보는 것은 나의 영혼과
육신을 상하게 합니다

의지할 곳 없는 세상
영원히 변치 않는 주님의 거듭난
사랑을 바라보소서

당신께 사랑받고 싶습니다

사랑이 많으신 당신이시여
부족한 한 영혼이 평생을 울고 있습니다

이젠 우는 것도 지쳤습니다

아픈 고난에 울고 있는 것도 잠시뿐이지
정신 바짝 차리고 기쁨이 넘친 삶으로
간구케 하시어
영혼이 시들지 않게
하옵소서

못난 울보가
차디찬 바다에 나가 다신 울지 않게 해
사랑받는 아들로
다시 태어나길 원합니다

옛사랑은 가고
영혼에 찾아온 당신만을 사랑하게 하시어
아픔을 씻고 영혼을 아름답게
하소서

위대한 사명

횡단보도 대기 중에
예수를 전도하는 아름다운 여자 분을
만났는데 목사님이시란다

그 목사님은
나에게도 사명이 있다고 한다
오십이 넘은 내 나이에, 사명이라니
믿어지지 않아
나는 그냥 웃고 지나쳤다

성경 창세기에
사라가 구십이 넘어
아기를 낳았단 이야기는 있었어도
내가 어떻게 신학이야

많은 직업 중 도둑질과
가시밭길인 목회자는 말아야겠다고
생각했었기에
목회는 관심도 없고
나에겐 상관없는 일이었다

그러던 어느 겨울밤
이불 속에서 그 목사님이 생각났다

지금 교회 청지기로
사명을 감당하고 있었기에
정신이 바짝 든다

천하보다 귀한 한 영혼

어느 주일날
초신자가 예배당에 찾아왔다
천하보다 귀한 한 영혼이 스스로 나와
얼마나 반가운지
메마른 땅에 단비가
내린 것 같다

새신자 환영식을 하면서
눈을 마주칠 때마다 미소를 던지며

"잘 오셨습니다"
"여기가 당신의 집입니다"

얼마나 감사한지
눈물이 다 난다
내가 전도는 하지 않았지만
그 형제가 거듭나기를 바라며
마음이 자꾸 간다

혹 상처나 받지 않을까
멀리서 나비가 너울대는 것처럼
조심스럽게 바라보며

암탉이 병아리를 품듯 그 형제를 놓고
기도를 드린다

-개척 교회를 섬길 때

사랑을 위해 기도했습니다

사랑하는 그대의
눈동자엔 내 모습이 숙연하게 비치고
나의 눈동자엔
그대가 담겨 있습니다

난 사랑스러운 그댈 얻기 위해
이른 아침에서 깊은 밤까지 몇 년을 놓고
사랑의 기도를 했습니다

난 사랑하는 그대를 향해
잔잔한 마음과 눈길을
살며시 띄워 보았지만 그러나 그대는
바보처럼 알지 못했습니다

그대 사랑이 내 삶에
실낱같은 소망이었기에 맺어지지 않는
사랑을 붙잡고
오늘도 어두운 방구석에서
온 맘을 다해
기도로 대신해 봅니다

2

꿈의 세계,
제주로 오세요

깊고 푸른 밤
별빛이 쏟아져 내리는 푸른 바닷가에서
당신의 상한 영혼을 어루만지며
사랑의 기도로
꼭 껴안아드리겠습니다

사랑의 편지를 띄우며

친애하는
그대에게 설렌 마음과
나의 모습을 편지에 담아 미지의 나라를
향해 띄웁니다

멋진 포즈의 사진을
담아보지만 사실 난 그렇지 않아요

자신 없는 모습에
좀 나은 사진으로 띄우려고
얼마나 고심했는지
훗날 실망하지 않기를
기대합니다

그러나 미지의 벗
그대에게 마음을 두고 못난 모습을
예쁘게 다듬었기에
그 마음 함께해 주시기 바랍니다

나의 맘이 머나먼
천사의 나라로 물결치는 밤
그대 행복하시길 바라며 사랑의 기도와
함께 펜을 놓습니다

스테이크를 먹는 날

소고기 스테이크가
포크에 눌려 나이프에 잘게 썰려져
씹는 그 재미는 쏠쏠하다

사랑하는 그와
고운 미소에 주고받는 이야기에 한 입 두 입
스테이크를 맛있게 먹는
시간이 즐겁다

오랜만에 외식이지만
값비싼 고기값이
걱정이 되는데 그는 알기나 하는지
몸이 우선이라고 꼭꼭 씹어
많이 먹으라고
날 챙긴다

전망이 좋은 레스토랑에
음악은 잔잔히 흐르고 은은한 원두커피는
감미로운 입맛을 내고
미소 가득한 그녀의 모습은
볼수록 사랑스럽다

나의 사랑하는 원수

나의 원수는
가장 가까운 집안에 있다
오늘도 바가지 긁는 마누라가 내 마음을
박박 긁는다

직장에서 돌아와
집안 살림까지 열심히 도와주는데
뭐가 부족해
잔소리까지 퍼대는지
모르겠다

소크라테스처럼
철학이나 하며 제자들을 집안에 끌어들여
인생을 낭비하며
노는 것도 아닌데 숨을 쉴 틈도
주지 않는다

처음엔
순진한 처자인 줄 알고
얼마나 좋아했는데
아이들을 낳고 나더니 소녀와 같은 모습은
어디에 가고 어른 행세를 하는지
누님이 따로 없다

쉬는 날이면
밖에 나가지도 못하고 꼭 붙들려
집안 청소를 해야 하는, 저당 잡힌 사내가
따로 있을까

가시 같은 악처의
사슬에 매어 마음이 그토록 자유롭게
철학을 논했던 소크라테스가
그저 위대할 뿐이다

환상의 바다, 제주에서

솔솔 불어오는
제주 하늬바닷바람에
그녀의 머리카락은 휘날리고
정분나도록 밀려왔다 밀려가는 파도에
조약돌이 흑진주처럼
곱게 다듬어지던
사랑의 바닷가

강렬히 내리쬐는
뜨거운 태양 아래 그녀의 반짝이는 눈동자는
검은 선글라스에 살짝 가리고
펄럭이는 긴 드레스는
파란 바다를 향해
한 폭의 풍경을 멋지게 수놓아
이국적인 파노라마가
펼쳐진 제주

시원한 바다에
발을 서로 담글 때마다
미소는 절로 피어오르고 멋들어진
사랑의 포즈는
셔터를 누를 때마다
카메라에 곱게 담겨가던

해맑은 모습들

주님이 만들어 주신
환상의 제주를 찾아 소년 소녀의 모습으로
다시 돌아와
마음과 마음을 함께하며
사랑은 푸른 꿈들로
영글어
감미로운 추억으로
물들어 가던
제주

꿈의 세계, 제주로 오세요

사랑하는 당신이시여
마음이 떠난 도시에 미련을 두지 마시고
꿈의 세계, 제주로 오세요

갈매기 떼가 춤을 추고
푸른 바다에 영혼이 숨 쉬는
사랑의 제주에서
당신을 기다립니다

제주행 비행기를 탑승하시어
푸른 하늘을 선회하며 창공에 아픈 추억을
모두 날려 보내시고 낭만의 섬
제주로 날아오십시오
머물수록 행복하고
소라 고동 소리에 에메랄드빛 바다가
물결치는 환상의 섬 제주에서
당신을 사랑으로 맞으렵니다

깊고 푸른 밤
별빛이 쏟아져 내리는 푸른 바닷가에서
당신의 상한 영혼을 어루만지며
사랑의 기도로
꼭 껴안아드리겠습니다

—상처받은 영혼을 부르며

인정 많은 제주에서

그대이시여
유채꽃 피고 새가 울면 꿈의 세계
제주로 오세요

인정 많은 제주는
주님이 만드신 천사의 섬으로 사랑의 무대가
정분나도록
펼쳐질 환상의 섬입니다

에메랄드빛
바닷물이 출렁이고 꿈결 같은 사랑이
그대 마음을 사로잡고
포근한 안식처가
되어드릴 것입니다

바다가 보이고
아직 떼 묻지 않는 제주 올래 길을 따라
장미꽃을 그대 머리 위에 꽂으며
사랑의 프러포즈를
하겠습니다

가슴 설렌
제주 공항에서 환영의 피켓을 들고
그대가 내릴 비행기를
기다립니다

꿈의 여행

꿈의 여행을 위해
비행기에 탑승하여 낭만의 도시 인천을
뒤로하며 허브 공항 암스테르담까지
논스톱으로 날고 있습니다

파란 하늘에서
은빛 바다와 구름 덮인 산을
내려다볼 땐 세상이 그토록 아름다운지
감탄사가 절로 납니다

거대한 KLM 점보 비행기에
귀는 먹먹한데 옆 좌석엔 아름다운 여인이 식사 때를
제외하곤 긴 잠에 빠져 있습니다

친절한 네덜란드 항공 기내 방송과
클래식으로 파란 하늘을 곱게 수놓으며
리치웨이 여행사의 사랑하는 일행과
즐거운 시간을 갖습니다

새로운 삶을 위하여
지친 삶을 푸른 하늘에 날려 보내며
꿈의 세계 유럽을 향해 끝없이
날고 있습니다

꿈은 이루어진다

나 어릴 때에 꿈은
넓은 세상으로 나가는 것이었습니다

그땐 삶이 어려워
서방 선진국처럼 잘 살아보는 것이
간절한 소망이었기 때문입니다

미지의 나라에 정착해
그레이하운드 버스나 컨테이너 트레일러를
끌고 긴 대륙을 달리며 멋진 세상에
새 삶을 꾸미고 싶었습니다

그러나 꿈을 위해 기도를 해도
이루어지지 않고 세월은 흘러 삶이 그렇게
끝나는 줄 알았습니다

그러던 어느 날
많은 나라 여행을 다녀오면서 그 행복한 꿈은
찾게 되었습니다

내가 사는 대한민국이
그 어느 나라보다도 잘 사는 선진국이 되어
리무진 고속버스를 끌고
경부고속도로를 달리고 있었기
때문입니다

사랑하는 그녀와 제네바에서

사랑하는 그녀와
로마에서 열차를 타고 동화의 나라
스위스 제네바에 도착했습니다

알프스의
만년설이 흘러내린 물줄기에
스위스와 프랑스를 잇는 레만 호수가
경이로운 풍경을 자랑하며
우리를 반갑게 맞이했습니다

호수 가운데엔 제트 분수가
긴 물줄기를 품어 올리고 호숫가엔 백조와
관광객을 기다리는 유람선이
떠있습니다

그녀는 호숫가 산책길을 따라
이국적 정취에 흠뻑 취해가며 여행지에 명소를
고등학교 교사답게
수첩에 꼼꼼히 기록합니다

시간이 지나갈수록
그녀의 볼은 발갛게 얼어붙고
그러나 잔잔한 미소는

언제나 모나리자의 미소처럼 변함없이
사랑스럽습니다

레만 호엔 노을이 지고
몽블랑 다리 건너편 가로등에 밝은 불빛이
어두운 호수에 빛을 수놓아
야경 또한 아름답습니다

우린 몽블랑 다리에서
손목을 꼭 잡고
칼빈이 사역한 생피에르 교회를 바라보며
제네바의 아름다운 밤을
보내고 있습니다

샹젤리제에서 즐거운 오후를

적포도주와 백포도주를
글라스에 채워 서로 부딪치며 샹젤리제
레스토랑에서 창밖을 바라보며
식사를 합니다

창밖엔 수채화를 그려가듯
파리에 겨울비가 부슬부슬 내리는 가운데
감미로운 샹송은 흐르고
그녀와 난 달팽이 요리를 맛을 보며
즐거운 오후를 보냅니다

맛난 식사를 마친 후에
우린 비 오는 샹젤리제 거리를 작은 우산 하나로
파리의 하늘을 가리며
화려한 예술의 거리를 걷습니다

봉쥬르~ 코가 오뚝하고
아름다운 프랑스의 아가씨들에게 눈인사 정도를
했었을 뿐인데 고운 미소에
손을 흔들어 주는 금발의 아가씨들
너무나 귀엽습니다

거리 한가운데 개선문이

가로막아 차량들은 제 갈 길을 돌아가고
빗방울은 작은 우산 속에 코트를
촉촉이 적셔와
난 그녀를 바짝 껴안게 됩니다

-파리 여행 중에

아라비아 사막을 달리며

태양이 지글거리는
아라비아 사막에서 멋진 선글라스에
하얀 두견을 두르고
사막의 고속도로를 달린다

차 안은 로맨틱한 팝뮤직이
아침부터 잔잔히 흐르고 달콤하게 쏘는
펩시콜라를 마시며
'담만' 지사를 향해 달린다

사막의 열풍에
종려나무는 손짓하고 낙타와 양 떼들이
가시나무 잎을 발라먹는 풍경들이
빨리도 스쳐간다

사막엔 오아시스처럼
신기루가 가물거리고 모래 폭풍이 불 때면
좁은 시야에
갈 길은 멀기만 하다

식사 때면 주유소 매점에서
빵 한 조각의 식사로 핸들을 다시 잡고
마일 게이지가 꺾이도록

액셀 페달을 밟는다

불모지의 땅 아라비아에서
난 홀로 된 이방인처럼 그토록 외로운지
높은 하늘에 떠 있는
비행기를 볼 땐 가슴이 설레고
서울 하늘이 그립다

아라비아 공주보다
예쁜 그녀는 안녕하신지
언젠간 돌아가 안아주리라, 행복의 나라
코리아를 그리며
오늘도 외로운 사막의 밤길을
달린다

-1982년 생활수기 중

아프고 또 아파서

건강했던 몸이
한번 아프기 시작하니 자주 아파
모든 게 귀찮고 건강엔 자신이 없어
눈빛마저 희미해져 간다

하찮은
감기쯤이야 생각했는데
만병의 원인이 거기에서부터 시작되고
영과 육이 심히 상해
삶이 말이 아니다

올 초부터 아프기 시작해
병원을 매번 찾게 되었지만 쓰러질 때마다
오뚝이처럼 날 살려 놓는
의사 선생님이 계셨으니
세상은 좋긴 하다

몸이 나을 때마다
의사 선생님께 고마움을 표를 하고 싶지만
항상 하시는 말씀은
나는 치료는 하나
예수님은 치유하신다고
말씀하신다

주치의사도 아닌데
날 돌보시고 그토록 배려하시는지
그분이 눈물 나게 고맙고
또한 존경스럽다

–부평 내과 한기돈 원장님

날 아프게 했던 여인

어느 날
결혼식 초청이 있어
마포 합정동 서현 교회를 찾아갔다

화려하게 꾸민 예배당에
하객들이 바쁘게
움직이는 가운데 예식 예배는
시작된다

교회 교인들과
병원 식구가 많고 가수 소향이가
축하 송을 부르는 사이에
난 배가 고파 식당에서 음식을 먼저 먹게 되었는데
어디서 많이 본 여인을 만났다

바로 그 여인은
나를 매번 아프게 했던 부평 내과 간호사님이었다
서로 미소를 보내며 인사는 나누었지만
어딘가 모르게 부끄러워 고개를
들 수가 없다

나의 엉덩이를
그 앞에 수차례 내놓았기 때문이다

그분은 대수롭지 않겠지만, 병원에 갈 때마다
좀 부끄러웠다

난 얼른 식사를 마치고
식당을 빠져나왔지만
그동안 그 여인은 많은 환자를 간호하며
나의 병을 위해 주사를 놓아 주었기에
고맙기 그지없다

-나이팅게일처럼 헌신적인 간호사님을 보며

샤론의 꽃 수선화

그댄 세상 물결치는
모진 고난을 이겨내고 십자성 별빛 아래
곱게 핀 샤론 꽃 수선화
그 누구도 해하지 못하리라

주 안에서 곱게 핀 꽃
소녀처럼 고운 자태에 어린 영혼을 섬기며
사랑의 향기 날리니
햇살보다 눈부시다

허락한 삶이
가시밭길에 눈물 같아도 하늘을 바라보니
주님은 그댈 사랑하시고
외로이 내버려두지 않으리

그댄 빛과 사랑이오
오직 섬김이라 그대의 사역은 꿈나무들에
울타리가 되겠고 주님 오실 그날
신부가 되겠네

-영혼이 맑은 김남임(A) 집사님 사역을 보며

젊음을 질투하지 않으리라

시냇물이 졸졸 흘러
강을 이루고 넓은 바다에서
다시 만난 것처럼 먼 인생 돌고 돌아
우리도 다시 만났습니다

우리가
소년 소녀인 때가
엊그제인 것 같은데
주름진 얼굴에 중년을 따라 황혼을 바라보는
인생이 그토록 서러운지
깊은 한숨만 쉬게 됩니다

꿈 많던 시절은 어디 가고
거울에 비친 빛바랜 모습에 요즘 아이들을 보며
부러워 질투하는 게
우습기만 합니다

곱게 간직한
지금 모습이 아름답다 하면서도
무정한 세월 앞에 한없이 눈물짓는지
난 알 수가 없습니다

당신 사랑이 아름다워요

당신의 선행은
아무도 모르게 은밀히 이루어져도 숨길 수 없고
귀를 기울이지 않아도 바람보다 빠르게
입소문으로 들려옵니다

당신의 아름다운 섬김이
오른손이 하고 왼손이 모를지라도 은혜 충만한 사랑
이미 주님이 아시고 세상에서 빛이 나기에
그 사랑 말하지 않아도
알 수가 있습니다

사랑이 많으셔서
하는 일이라 하지만 자신도 그 얼마나 연로하신데
만사를 제쳐놓고
높고 낮은 어르신들을 섬겨 주시니
당신이 아름답습니다

요즘 세상은 모두가
부모 공경은 나 몰라라 하는데
이웃 동기간까지 챙기시고 사랑을 베푸시니
당신의 고운 마음이 빛이 납니다

－김연이 권사님 이야기

눈에 넣어도 아프지 않을 사랑

세상 그 무엇으로도
비교할 수 없는 부모와 자식 간에 사랑
자식을 낳아 키워보니
그 사랑을 알 것만 같다

그러나 자식보다도
내 맘을 더 홀려 놓는 게 있으니
이게 웬일일까

귀여운 손녀를 안고 보니
눈빛이 반짝반짝한 게 어디서 나왔는지
예쁘고 예뻐 시간이 지날수록
눈에 아른거린다

내가 꿈을 꾸고 있는지
귀한 핏줄에
말문이 막히고 옛 조부모의 사랑이
생각나 눈물이 난다

−손녀딸을 안아 보며

보고 있어도 보고 싶다

빠진다 빠진다
귀여운 너에게 내가 자꾸 빠진다
보고 있어도 보고 싶고

핸드폰을 너의 사진으로 도배하며
내 너에게 눈을 뗄 수가
없구나

너 하나 때문에
우리 가정이 화목해지고
멀었던 부부 사이까지 좋아지니
사랑의 수호자가
아니더냐

귀여운 너에게
마음을 모두 빼앗겨 내가 꿈꾸듯 하니
그 누구의 사랑을 받아들일
틈이 있겠느냐

주은이 너를
보고 있노라면 아무 것도 할 수 없으니
내 맘을 잡기 위해서라도

너의 동생 하나 더 보기를
원하노라

-귀여운 외손녀 김주은(주님, 은혜)

천생연분이 따로 없다

강산이 변하고
세월이 흘려도 부부의 금실이
그토록 고왔는지 사랑의 전선엔
아직도 문제가 없다

주름살에
손길은 거칠어졌어도
부부간에 곱게 맺어온 사랑
고소한 깨소금을 볶듯이 담장 너머까지
웃음꽃이 피어오른다

영원히 변치 않는 사랑
믿음으로 가정을 지키니 알뜰한 현모양처요,
예배당에선 잔잔한 미소가 흐르는
하얀 천사라

사랑으로 양육한 자녀는
물결치는 태평양에 소망의 배를 띄우니
아메리카 하늘 아래 날개를 펼치고
꿈이 가득하다

주일이면 사랑하는 장로님과
성경책에 두 손목을 꼭 잡고 예배당을

다정히 향하는 것을 보면
신혼 때와 다름없다

-유순애 권사님 댁에서

소중한 친구

집시와 같은 인생
모든 것 다 잃었지만 그래도 세상에서
가장 귀한 친구 하나를
얻었다

처음엔 가시처럼
가까이하기엔 너무 힘이 들었지만
삶이 우리를 하나로 묶어 놓고 둘도 없는
친구가 되었다

이젠 그 친구의 아픔이
내 아픔이고
내 기쁨이 그의 기쁨이었기에 그를 보면
나를 보는 것처럼
늘 한마음일 수밖에 없다

그는 약자를 위해선
어디든 달려가 도와주며 하나를 주면
둘을 돌려주며
그의 먹을 한 끼니 양식마저
어려운 형제에게
모두 나눈다

그동안 내 삶이
가시밭길처럼 비참하고 험난했으나
친구와 더불어 사는 동안
난 행복한 삶이었다

-혈육보다 귀한 최창호 교사님

친구야, 힘내라

운다, 울어 내가 운다
모든 것 다 잃고 홀로된 친구를
바라볼 때마다
내가 운다

삶이 나만큼이나 아픈
그 친구를 보면 나를 보는 것만 같고
힘이 되어 줄 수 없는 난
가슴이 아프다

외톨이가 된
내 친구가 사랑하는 여자 친구를 만나
식사 초대를 하며 날 반갑게 맞는데
난 왜 울고 있을까

기쁜 날 눈물이 나는 건
친구가 그 여자 친구와 영원히 행복하길
바라는 마음에
난 기도를 하고 있다

부끄러운 뱃살을 감추고 싶다

얼마 전만 해도
말라깽이였던 내가
요즘 들어 살이 무척이나 쪄 북한 김정일을
생각하지 않을 수 없다

배는 남산만큼 불러오고
친구들은 걱정하며 병원에 한번 가보라 하는데
난 아랑곳하지 않고 생활에 임하니
배는 더욱 불러온다

힘든 일과에 내 삶을 보면
살이 찔 시간도 없고 많이 먹는 것도 아닌데
그토록 살이 찌는지
이젠 다이어트 할 자신도 없어
병이 될까 두렵다

그 때문에 예쁜 옷을 입고
멋을 내고 싶어도
옷을 몇 번을 갈아입어야 하는지
외출 땐 부끄러운 배를 감추기 위해
옷장에 옷을 방 안 가득히
펼칠 수밖에 없다

가슴 설렌 연주회장에서

꽃향기가 은은하게 휘날리던
어느 화창한 오월
사랑하는 사람과 인천 종합문화예술회관 연주회장을
찾게 되었다, 많은 분이 자리를 꽉 메웠는데
우리는 미리 예약한 앞좌석에 앉게 되었다

시향 단원들은 모두 검은 유니폼에 잠시 연습 중이다
바이올린 코드를 맞추는 이들 그리고 첼로, 더블 베이스
관현악기들이 너무나 웅장하다

옛 시민회관보다
인천문화회관은 현대식으로 장식해 분위기는 참 좋았다
연주는 시작되어 몇 분의 연주자가 간주곡을 마치고
들어가는데 가까이서 연주자들을 보니 더욱 실감이 난다

이번에 연주할 곡은 멘델스존 바이엘 협주곡이란다
가슴이 살짝 드러난 여인이 화려한 드레스를 차려입고 나와
연주는 시작되는데 아름다운 선율에 내 맘이 설렌다

꿈을 꾸듯 얼마나 황홀한지 오월의 꽃향기가
이곳까지 풍기는 것 같고 고운 선율에 난 넋을 뺀다
(Mendelssohn Violin Concerto in E minor, Op.64)
멘델스존의 바이올린 64번 작품에 감탄사가

절로 나오는데 이 감미로움을 어떻게 해명할까

손가락 네 마디가 정교하게 현을 따라
그 얼마나 아름다운 음을 내는지 내 영혼을 홀리고
기쁨을 주는지 짧은 악장과 악장 사이 공백 없이
시작되는 연주를 브라보를 난 마음속으로
소리 없이 크게 외쳤는지 모른다, 연주자도 선율에
무르익어 눈은 지그시 감고 꿈결에 빠진 듯하다

오늘 난 멘델스존 바이올린 협주곡을 내 인생에
가장 아름다운 추억으로 간직할 것 같다

–옛 연주회를 생각하며

사랑을 베풀어라

세상 주인들아
병든 일꾼에게 밭고랑을 타라 마라
염소에게 쟁기를 걸어 놓고
밭고랑을 갈라 하겠느냐

온종일 일꾼들이
밭에 나가 땀 흘리는 것만으로도
당신 집 안에
행복은 가득할 것이다

베푼 만큼 일을 시키되
연약한 일꾼에게 소처럼 고삐를 당기며
품삯을 줄이지 마라

사랑을 베푸는데
어느 일꾼이 타들어 가는 곡식을 보며
물을 대지 않고
그늘에서 낮잠을 자겠느냐

어두운 밤 일꾼에게
무거운 짐을 내려놓아라

그렇지 못한 주인은

일꾼들에게 고통의 멍에를 씌울만한
권한은 없으리라

-열악한 환경에서 일하는 외국인 노동자들을 보며

과실나무처럼 열매 맺는 삶

과실나무가
탐스러운 열매를 맺기 위해선
기름진 토양에 적당한 수분과 빛이 있어야
과실나무는 잘 자랄 수 있다

또한 자연의 섭리에 따라
활짝 핀 꽃에 벌 나비가 찾아들고
개똥이처럼 반가운 친구를 만나야
좋은 밑거름으로
싱싱한 열매를 맺는다

그러나 과실나무는
세찬 비바람을 이겨내야 하고
지겹도록 달라붙는 진딧물과 싸워야 하며
사막처럼 메마른 땅에서도
스스로 물을 찾아
깊은 뿌리를 내릴 수 있어야
살아남는다

이렇듯 인간도 인생에
아름다운 결실을 보기 위해선 수많은 시련과
고난을 통하여 삶이 튼튼하게 다져지고
과실나무처럼 언젠간
탐스러운 열매 맺을 수 있는
아름다운 삶이 찾아오리라 믿는다

과실나무는
세찬 비바람을 이겨내야 하고
지겹도록 달라붙는 진딧물과 싸워야 하며
사막처럼 메마른 땅에서도
스스로 물을 찾아 깊은 뿌리를 내릴 수 있어야
살아남는다

· · · · · 내 모든 것을 다 주어도

3
사랑은
멀리 바라봐야
아름답다

사랑은 사랑하는 사람을
만나고 돌아서면 보고 싶고 마주 봐도
보고 싶은 게 사랑이었기에
마음을 비워갈수록
사랑은 아름답습니다

바닷가에서 마음을 던지며

울고 왔다 울고 가는
아픈 바닷가를 내가 왜 찾을까

매번 마음이 아플 때면
바다가 날 부르고 발길이 저절로 가는지
그저 처량할 뿐이다

겨울 바닷가에
몸을 바들바들 떨면서 볼떼기까지
얼어붙는데
바다에 마음을 던져야 하는지
알 수가 없다

그러나 부서지는 파도에
마음을 내려놓아도 눈물만 흐를 뿐
아픔은 토해내지도 못하고
그냥 담아온다

–월미도에서

조용히 울고 싶을 때

마음을 다스리지 못해
그 언젠가부터
울고 싶고 나 자신이 초라해져 가는지
내 믿음이 바닥이 난 게 아닐까

그동안 웃음을 잃지 않았던 내가
상처가 얼마나 깊었기에 눈물이 곧 쏟아질 정도로
가슴을 앓는지 모른다

가을이 찾아와
늘 그렇듯
내 마음이 고독하고 외로운 줄로만 알았는데
이 가을엔 이토록 아프게 지나가는지
버티기가 참 힘이 든다

혹 우울증이
찾아온 건 아닌지 상처 된 영혼이 지워지도록
깊은 산 속에서 아무도 모르게
펑펑 울어 버리면
어떨까

고난 속에 오는 아픔

사도 바울은 예수를 만나
행복하다고 했는데 난 행복보다는
세상에 치이고 치여 이젠 피할 수도 없고
내가 설 자리는 없다

기쁨으로
맞이할 수 없는 고난은
내 목을 그토록 조여오고 날 길들이기 바빠
벼랑 끝까지 쫓고 있다

주님의 나라에
거듭나기보다는 땅 끝까지 쫓겨나게 되었으니
주님의 손길은 멀어지고
헛되고 헛된 인생
애환으로 얼룩진다

눈이 있어도 보지 못하고
귀가 있어도 듣지 못하는 자신의 믿음이
허망한 세상을 따라가는 것처럼
행복과는 거리가 멀다

고난의 무거운 짐을
벗기 위해 발버둥을 쳐보지만 지친 인생
고난의 늪은 깊어만 가고
영혼은 어두울 뿐이다

그대만 생각하면 눈물이 난다

공항에 나갔는데
그 예전에 마음 깊이 새겼던 사람이
스마트폰 문자에 안부 인사가 찍혀 왔다
난 반가움에 서투른 문자를 뒤로하며
그냥 전화를 걸고 말았다

그동안 잘 있었냐고
사랑의 인사를 드렸는데 눈물이 나려고 한다
보고 싶어도 보고 싶다고 말 못 하고
바라만 보았던 사람이었기
때문이다

할 말도 많았다
그러나 공항 환송 길에 오고 가는 동료가 많아
마지막으로 해줄 말을
꾹 참고 전화를 끊고 말았는데
가슴이 멈춰 오는 것 같다

이룰 수 없었던 사랑
깊은 가슴에 차디찬 서릿발은 차오르고
참았던 눈물이
소리 없이 쏟아지는데
인천공항 길을 핸들을 잡고
어떻게 돌아왔는지
모르겠다

취하도록 술을 마시고 싶다

그대가 떠난 후
지울 수 없는 사랑에 마음을 바로잡지 못한 채
하염없이 쏟아져 내리는 눈물은
영혼까지
멍들게 한다

야위어가는 얼굴에
빗물같이 흐르는 눈물은 손수건으론 닦을 수 없어
이젠 포대기마저 촉촉이 적신다

떠나버린 그대 때문에
나의 반쪽을 잃었지만, 이 세상 모든 것을
잃어버린 것만 같아
달랠 수 없는 마음, 술로 모든 걸
잊고 싶다

사랑은 멀리 바라봐야 아름답다

사랑하는 사람이
곁에 있음에도 외로운 것은
자신이 너무나 집착해 드러내지 못한
마음을 태우고 있기 때문입니다

사랑의 열정이
더해 갈수록 속은 좁기에
마음은 항상 바다처럼 넓어야 아름답고
멀리 바라볼 수 있는
사랑이 영원할 수 있습니다

사랑은 사랑하는 사람을
만나고 돌아서면 보고 싶고 마주 봐도
보고 싶은 게 사랑이었기에
마음을 비워갈수록
사랑은 아름답습니다

영원한 사랑은 나에게 있다

사랑이란 아름답고
얼마나 소중한 것인지 모른다

그렇지만
그 아름답던 사랑도 인간의
한 부분적인 사랑이기에 시간이 지나면
변할 수도 있다

남녀 간의 사랑은
달콤하고 아름다워도 질그릇처럼 잘 깨지고
그리고 형제간의 사랑 또한
위기가 왔을 땐 서로 등을 돌리어
남보다 못할 때가 있다

그러나 예수와
함께할 수 있는 자는 영원히 변치 않는
사랑으로 세상을 섬길 수 있는
마음이 생기고 가시의 아픔도
사랑으로 품을 수 있다

세상을 섬길수록
내가 변해서 몸도 마음도 예뻐지고
종지처럼 좁은 마음 또한

바다처럼 넓어질 것이다

그 사랑은 깊고 깊어
원수도 둘도 없는 친구로 변하고
나 자신에게까지도 돌아올 수 있는
아름다운 사랑이 된다

지금 내 마음이
얼마나 예쁘게 열려 있는지 자신을
한번 확인해 보자

나도 사랑에 빠졌습니다

요즘 옆집 여자가
사랑에 빠졌나 봅니다

창가에 불은 꺼지고 새벽에 어느 남자와
들어오는 것을 보았습니다

지나친 사랑에 빠졌는지
새벽 예배 길에 마주친 그 여인의 얼굴이
불그스레하고
미소가 가득합니다

그런데 요즘
나 역시 사랑에 빠져 있습니다

예전엔 나의 마음이
이렇진 않았는데 그분을 사랑하는 동안
너무나 행복합니다

그분은 당신도 알고 있듯이
바로 예수이십니다

예수를 사랑한 이후 세상이 이토록 좋은지
난 당신까지
사랑하게 되었습니다

그대를 사랑으로 맞이하면서

오늘 그대의 헌신이
나의 마음과 세상을 풍요롭게 해주시니
시간이 지날수록
그대가 믿음이 갑니다

그대의 한량없는 사랑이
감당할 수 없을 만큼 나의 영혼에 물결쳐오니
순결한 가슴을 활짝 열어 놓고
그댈 맞이합니다

세상을 섬기는 그대 손길이
얼마나 따뜻한지 사랑의 기도로 대신하며
그대의 영혼과 하나 됨을
고백해봅니다

사랑을 쟁취하기까지

가진 거라곤
마음밖에 없는 빈털터리 사내가
세상에서
가장 아름다운 여인을
사랑했습니다

그러나 그 여인은
사내를 못마땅하게 여기며 가까이 갈수록
날카로운 손톱으로 무참히
할퀴어댑니다

사내는
사랑을 쟁취하기까지
피나는 짝사랑에
지겹도록 할퀴고 할퀴어가면서 여인의 사랑을
오랜 세월을 기다렸습니다

그러던 어느 날 고운 미소에
여인은 사내 가슴에 넥타이를 매어주며
따뜻한 입맞춤에
사내를 꼭 껴안고 있습니다

사내의 끝없는 사랑에

여인의 마음은 활짝 열리고 이젠 사내를
자기 자신처럼 사랑하며
지키고 있습니다

-재혼한 친구를 보며

그대를 보면 사랑이 보입니다

그대를 보면
사랑이 있고 천국이 보입니다
그대를 알고부터 외로운 자신이 소망과
사랑이 가득해
내 영혼이 아름답습니다

그대가
차가운 물가에서
울고 있는 나를 지켜 주시고 사랑과 헌신으로
내 삶에 함께하시니
그대는 세상에 가장 아름다운
사랑입니다

또한 사랑하는 그대는
천국의 어머니처럼 날 언제나 껴안으시고
믿음 안에서 내 영혼을 사랑하시니
나에겐 믿음이 되고
행복이 됩니다

한밤에 차 한 잔을 마시며

창가에 커튼을 열어 보니
별빛은 반짝이고 예전에 그랬듯이
여객기가 공항에 착륙하려는
밤의 진풍경이
시야에 들어옵니다

높은 서재에서 바라본
부평역 앞엔 도심 네온사인이 반짝이고
가로등불이 즐비하게 늘어진 것을 볼 때
비행기가 좌우로 선회하며 활주로에
곧 닿을 느낌입니다

하루를 마무리하는 이 시간
그리운 이에게 사랑의 편지를 써내려가며
향 그윽한 원두커피에
감미로운 클래식 음악을 띄우고
고운 밤을 맞습니다

사랑합니다, 나의 예수님

처음 그분을 만났을 땐
내 영혼이 맑아 바라보기만 해도
눈물이 흐르고 그분을 향한 믿음이
얼마나 충만했는지 모릅니다

그러나
행복한 삶을 살면서
얼마나 부유하고 교만했는지 그 사랑을 잊고
난 그분이 가까이와도
아무 느낌이 없었습니다

난 그분과 삶을 산다면서
잡았던 손목을 놓쳐버리고 다시 손목을 잡고 보니
그분은 온데간데없고 검은 사탄에게
이끌려가고 있었습니다

너무나 놀란 나머지
무서운 사탄의 손을 뿌리치려고 몸부림을 쳐도
도무지 벗어날 수 없었습니다

그분의 사랑이 얼마나 절실했던지
날마다 부르짖으며 회개로 죄를 자복하니
암흑과 같은 세상은

다시 밝아 옵니다

그리고 사랑하는 그분이
나를 향해 다가와 날 보고 웃고 있어
난 그분께 사랑합니다
나의 예수님

-7년 연단을 받는 동안

기도했습니다

카메라에
사랑하는 사람들과
예쁜 꽃을 담고 싶어서 그것을 달라고
주님께 기도했습니다

요즘 주머니 사정이
얼마나 허전한 것인지 알면서도 속 보이는
기도를 했습니다

넘보지 못할 카메라를
나에게 안 아픈 가격으로 구매할 수 있는
기회를 달라고
남몰래 기도했습니다

그러던 어느 날
기도의 응답은 이루어지고
캐논 카메라에
사랑하는 사람들이 곱게 미소 짓는 모습이
렌즈에 잡히고 있어
얼마나 감사한지 모릅니다

또 한 해가 가는구나

소리 없이 나뭇잎은
하나둘씩 떨어지고 철새마저 날아가니
또한 해가 저물어 가는구나

빠르게 지나가는 세월
어디서 와서 어디로 끌려가는지 이마에 주름만 자꾸 늘고
세월 앞에 허약해진 몸
장사가 없다

화려한 세상 좋은 집에
양귀비 같은 여인과
입고 싶은 예쁜 옷들이 많은데 내 몸에 걸치기엔
흰머리만 휘날리고 모두가 그림과 같으니
인생이 너무 깊었구나

즐거운 세상이 나에게
손짓하는데 붙잡지 못하는 서글픈 세상
인제 와서 질투하며 울어 본들
무엇하리

중년을 맞은 인생은 즐겁다

쌓인 그리움이
나이를 먹듯이 우리들의 사랑도 어느덧
아름답게 깊었다

그러나
깊어진 사랑만큼이나
열정은 아직도 젊은 아이들처럼 식질 않고
갈대야 같은 마음에
여전히 질투는 가득해 토닥토닥
사랑은 뜨겁다

자신을 내세울 것 없는
중년인데 반짝이는 눈빛에 마음은 푸르고
마냥 즐거우니
순진하기 짝이 없다

꽃이 필 때면 마음이 설레고
낙엽 진 계절엔
고궁 돌담길을 따라 둘이 다정히 거닐며
멀리 여행이라도
떠나고 싶어진다

축복의 선물

결혼하게 되면
오붓한 가정을 꾸미며 행복할 줄 알았는데
막상 결혼하고 보니
삶이 힘들어
행복하지 않았습니다

세상에서
가장 가깝고 아름다워야 할
부부간의 사랑이 원만치 않고
자식들도 품 안에 내 아이들 같지 않아
늘 가슴이 아팠습니다

그러나 손녀딸을 본 후
많은 영혼을 하나로 엮어 주니 자식들이 귀엽고
바가지를 굽던 아내도
사랑스러워져
그동안 아팠던 사슬들이
풀려나갑니다

손녀딸 하나가
조용한 가정에 사랑과 행복을 가져다주니
웃음소리는 담장을 넘어가고
하루가 그토록
즐거운지 모릅니다

예뻐지고 사랑받고 싶어서

나 잘난 구석이
어느 한 곳이라도 있어야지
잘났다고 말하면서 자신을 속이며
못난 모습을 다듬는다고
고와질 수 있을까

그러나 예뻐지고 싶어서
하루에도 몇 번씩 거울을 들여다보며
몸과 마음을 가식 없이
깨끗하게 씻고
새 옷을 갈아입어 보지만
어딘가 모르게 촌스럽고
어색할 뿐이다

현실이 그런데
거울만 본다고 예뻐지고 고와질까
그래도 예뻐지고
사랑받고 싶어서
이리저리 거울을 바라보며
예쁜 미소를 짓는다

오월의 여왕

향 가득한 꽃 속에 파묻혀
사랑을 꿈꾸던 어느 화창한 봄날
교회 종소리는 울리고
고운 카펫에
하얀 천사가 곱게 다가온다

울리는 결혼행진곡에
신랑 신부가 손을 마주 잡는 순간
사랑의 꿈은 이루어지고
서약과 사랑의 찬가는
서울의 하늘을 곱게 수놓는다

곱게 고개 숙인
신부의 반짝이는 두 눈빛엔
이슬은 맺혀 화장은 번져오는데
친구들의 축하와
사랑은 너무나 뜨겁다

수줍은 신부 얼굴을
하얀 면사포가 살짝 가리고
기나긴 웨딩드레스에
꽃을 든 신부의 우아한 모습은
오월의 여왕처럼 아름답다

-한기돈 장로님 자녀 결혼식

순자야, 너를 사랑해

한 사내가 오늘도
아름다운 아가씨를 붙잡고
놓아줄 줄 모른다

논두렁 밭두렁을 따라
황소에게 풀을 뜯겨가며 보고 또 봐도
사랑스러운 아가씨에게
푹 빠져 있다

해는 저물어 가고
아가씬 우물가에 물 길어가야 한다는데
사내는 함께 있지 못해 애를 태운다

조금만 더 놀다 가라고 속삭이지만
아가씨는 미소만 띌 뿐 치마를 펄럭이며
우울가로 향한다

"나 얼른 저녁밥 지어야 해"

"그럼 이따 예배 때 보자"
"순자야, 너를 위해 3년을 기도했단다"
"알고 있겠지"

논두렁 밭두렁에
황소는 고삐가 풀려 순자네 다 익은
벼 이삭을 삼켜, 못난 소를 당겨 보지만
논바닥에서 도무지 올라올
생각을 하지 않는다

―무슨 고백이 더 필요하다더냐 3년 기도했다는데
 유순자 권사님 이야기

믿음을 점검할 필요가 있습니다

거룩한 성전에 들어와
천사의 미소로 애써 기도 생활하면서 당(黨)을 짓고
군림하려는 것은
믿음의 형제라 할 수 없습니다

세상을 전도로써 구원한다면서
정작 본인은 천국에 들어갈 준비도 하지 않고
새 형제들을 업신여기며 돌보지 않는 것은
그리스도의 본분을 저버린 것입니다

그리스도인은
형제를 사랑하지 않고선 빛과 소금이라 할 수 없습니다
형제를 품고 섬기는 것은 똑똑한 머리보다
깊은 가슴으로 해야 합니다

교만하고 무례한 말들은
누가 감히 심판할 순 없어도
그러나 자신의 가증한 혀와 행동으로 빚어진 일들은
언젠간 내 몫으로 돌아올 수 있는 독이 됩니다

자신의 잘난 생각으로
천국을 들어갈 수 없는 것처럼 믿음 생활에는
말씀 안에 사랑이 함께하기에
자신의 믿음이 그릇되었는지 점검해 볼
필요가 있습니다

마음이 신실치 않은 자

예배당에서는
온갖 마음을 다하며 선을 행하나
가정이나 세상에선 악한 마음을 갖는 자는
사탄에게 영혼을 잃은
자입니다

기분에 따라
하루에도 몇 번씩 마음을 바꾸며 남에게 상처와
고통을 떠안겨 준 자는
모두를 힘들게 하며
그리스도의 본분을 잊은 자입니다

자기 이익을 위해선
친구와 조국까지 팔 정도로 가증스럽고
악을 서슴없이 행하면서
순한 양처럼 모습을 감춘 자는
가면을 쓴
위선자와 같습니다

박순애 전도사님 초청 부흥회

박순애 전도사님을 모신
부흥회에 은혜로운 말씀과 간증은 긴 시간
고개 한 번 돌리지 못한 채 난 박순애 전도사님의
숨결 하나까지 놓치지 않고
바라보게 되었다

시간이 갈수록
영혼이 빠져가는 간증은 지난 나의 삶을
되돌아보는 것만 같아 눈가엔 촉촉한 이슬이 맺혔고
옆자리에 있던 집사님도
강하다던 남자의 자존심이 한순간에 무너져
소리 없는 눈물을 쏟고 있다

여기저기 반짝이고
촉촉한 눈빛들을 보면 은혜가 되었는지
꼭 붙들린 영혼들 사십일 새벽 예배를 작정하며
믿음생활이 새롭게 거듭나
감동적이다

이번 부흥회는 우리 교회에
부족한 사랑과 연단 받고 있는 영혼들을 위해
주님께서 박순애 전도사님을
보내신 게 아닌가 싶다

공동체를 위하여

예배당에 공동체 일을 하든
세상 공동체 일을 맡아 하든 간에
공동체에선 혼자 나서서 이끌려는 것은
힘만 들고 그 공동체는
언젠간 무너지고 말 것이다

성도는 서로
교통하는 것과 같이 우리 공동체는
분담으로 이루어지기에
무슨 일이든 간에
나눔으로 공동체는 하나가 되어야
견고(堅固)하고 아름답다

 ⦁ ⦁ ⦁ ⦁ ⦁ 내 모든 것을 다 주어도

4
사랑은
핑크빛에 물들고

오늘도 미소 짓는
핑크빛 사랑을 받아와
꿈은 아닌지 그대와 함께할 수 있음이
그 얼마나 축복인지 몰라요

그대를 사랑하렵니다

난 높은 산을
정복하듯 큰 모험을 하고 있습니다
그것은 사랑스러운 그에게
가까이 다가가는
것입니다

가슴이 두근대고
겁도 나지만,
그러나 하늘이 허락한 축복 된 만남에
사랑하는 상대가 생겼는데
모른 체하며
그냥 지나칠 순
없습니다

지금 나에겐
서로 마음을 나누며 기도할 사람이 있어
그 얼마나 감사한 일인지
모릅니다

바라볼수록
마음이 가는 그대
허락한 삶 끝까지 두 가슴 마주하며
그를 사랑하렵니다

사랑은 핑크빛에 물들고

세상 이처럼 좋을까
사랑스러운 그대에게 사랑받는다는
그 이유 하나만으로
난 행복하거든요

사랑의 기도에
새 아침을 열어 가는 이 시간부터
삶의 기쁨은 시작되고 하루의 모든 것이
좋아 보이니
세상 참 마음에 들어요

그저 바라만 보아도
예쁜 미소가 절로 지어지고
눈을 뜨고 감아도 온통 그대뿐이니
우리 사랑하고 있는 것
맞지요

오늘도 미소 짓는
핑크빛 사랑을 받아와
꿈은 아닌지 그대와 함께할 수 있음이
그 얼마나 축복인지 몰라요

미소 가득히 사랑합니다

지금 이 순간에도
내 안에서 그대가 곱게 숨을 쉬어요

이른 아침부터
늦은 밤까지 시도 때도 없이
미소 짓고 싱글벙글 대는 내 모습이
조금은 바보스럽지만
그대 사랑 감출 수가 없기에
그리워하며 사랑하고 있습니다

하루의 모든 시간이
보고 싶은 그대 생각이 가득하기에
난 아무 일도 하지 못하고
사랑스러운 그대에게 이끌려
오늘도 그렇게 미소 지으며
사랑합니다

사랑하는 그대였나

고요한 밤이면
누군가 날 찾아와 이토록 울고 갈까

조용한 산장에
갈 곳 없는 나그네 여정을 내려놓건만
날 찾는 한 영혼이
달빛에 그림자처럼 날 끝까지
붙잡고 울어댄다

그토록 울어대는 영혼
뜨락의 애잔한 풀벌레 소리와 함께
깊고 푸른 밤을 따라
잔잔한 가슴을
마구 흔들어 놓는구나

사랑하는 그가 보고 싶습니다

깊고 푸른 밤
꽃향기가 상큼하게 불어올 때면
사랑하는
그가 보고 싶습니다

고요한 달빛에
그리움이 물들어 가고 꽃잎이 사운대는 날이면
사랑하는 그가 더욱 그립고
은빛 달빛에
하얀 밤을 따라갑니다

서녘 하늘에
달빛이 기울수록
하얀 안개꽃 망울이 활짝 피어 가듯이
눈가엔 촉촉한 이슬이 맺히고
사랑하는 그는
샛별처럼 멀어집니다

끝없는 그대 사랑

햇살이 반짝이는
아침이면 난 가슴 벅찬 무지개 꿈을 꾸며
사랑하는 그대에게 달려갑니다

하루의 모든 시간이
그대 사랑으로부터 시작해서 그대 사랑으로
끝을 맺어버리는 하루의 삶이
너무나 즐겁습니다

낮과 밤이 따로 없는 사랑은
꿈속까지 날 찾아와 사랑에 빠지게 하는지
그대의 사랑은 눈을 뜨고 감아도
끝이 없습니다

사랑한다고 하잖아요

서로 마음을
주고받을 만큼 주고받았는데
아직도 마음을 활짝 열지 못한 그대

얼마만큼 마음을
더 가져야 하는지 목석같은 그대 때문에
이젠 화가
슬그머니 나려고 합니다

오고 가는 마음에
싹트는 사랑이 보기에도 아름답고 사랑스러운데
이젠 마음 좀 가져 주세요

그댄 빠져나갈 틈도 없고
다신 기회도 없는데
그토록 재는지 질투 나도록 그대 속마음을
알고 싶습니다

사랑스러운 그댄 나의 것
나의 마음은 그대의 것 그댄 아름다운
사랑을 함께해주세요

나만큼 사랑하나요

내 가슴에 숨긴
모든 것 가식 없이 다 내놓았는데
믿지 못하는
그대가 원망스럽습니다

얼마만큼
마음을 가져야 그대에게 신뢰가 가고
날 이해할 수 있는지
알 수가 없습니다

그대도 나만큼이나
마음을 갖고 사랑했었는지
묻고 싶습니다

내 마음이 왜 이럴까

나뭇잎은 휘날리고
철새마저 날아가는 외로운 계절인데
내 가슴 속엔 무지갯빛
사랑의 꽃이 피고 있습니다

앙상한
나뭇가지가 고독하게
서 있는 늦가을 고목에 꽃이 피어나듯
난 사랑에 빠져 갑니다

찾아온 임도 없고
난 홀로 서 있는데 하늘만 바라보아도
가슴 설레고 소슬한 갈바람에도
마음은 너무나 즐겁습니다

사랑하는 이도 떠났는데
시도 때도 없이 누군가가 그리워지고
가슴 뭉클한지 다가오는 겨울 향기를 따라
내 마음 구름처럼 떠갑니다

사랑은 파도를 넘어

파란 하늘과 푸른 바다가
다정히 맞닿은
저 수평선처럼 우리 마음이 항상 넓고
아름다웠으면 좋겠다

끝없이 밀려왔다
밀려가는 파도에 부서진 사랑처럼
툭하면 싸우고 잘 삐쳐서 등을 돌린
사랑보단 우리 영원토록
예쁜 사랑해 보자

그대와 나
두 가슴 맞대고 긴 항로를 따라
함께 갈 사랑

가슴앓이에 집착한 사랑보단
마음을 비우며 험한 파도를 넘어

잔잔한 미소로 저 아름다운
수평선을 바라보자

사랑이 숨 쉬는 바닷가에서

소라의
꿈을 수놓던
푸른 바닷가에서 사랑하던 그와 함께
백사장을 거닐며
사랑을 속삭이던 달콤한 밀어(密語)가
꿈결처럼
밀려옵니다

줄파도가
끝없이 밀려왔다
밀려가는
사랑의 바닷가에서 조개껍데기를 주우며
사랑의 발자국을 만들어 가던
지난 사랑이
아직도 가슴을 두드립니다

갈매기 떼와
뱃고동이 울릴 때면 옛 추억과 함께
가슴엔
그를 향한 그리움으로
끝없이 물결치고
또다시 지난 사랑으로
젖어갑니다

가슴 설렌 봄

따뜻한
남쪽 섬나라 제주에서
봄바람은 불어오고 설렌 가슴은
예쁜 유채꽃과 함께
봄은 그렇게 찾아왔습니다

낭만의 도시
인천에도 활짝 핀 목련꽃에 여인의 모습이
화사한 옷차림과 화장으로
거리는 눈부시고
봄은 꿈을 가지고 찾아왔습니다

봄바람에
마음은 살랑이고
겨울에 두터운 내복을 모두 벗으니
내딛는 발걸음은 한결 부드럽고
가볍습니다

봄이 되어
그녀의 모습은 더욱 사랑스럽고
정분나게 곱게 핀
꽃과 함께
사랑에 빠져갑니다

보고 싶은 그대이시여

흑단 같은 머릿결에
아리따운 자태를 자랑하던 곱디고운 그댈
긴 여정 정분나도록 연모했기에
이 밤도 달빛에 젖어
이 내 마음을 띄웁니다

고왔던 그대 사랑
되로 받고 말로 갚을 수밖에 없는 애잔한 사랑
깊은 가슴을 태우시는지
서리꽃이 하얗게 피도록 그리워하다
달님과 벗이 되어
쓰디쓴 술잔을 나눕니다

별빛은 끝없이 사운대고
길 없는 창가에선 그리운 그댈 기다리다 못해
한 서린 가슴을 토닥토닥 달래며
오늘도 인내의 성을
쌓습니다

봄바람아, 불지 마라

봄바람아, 불지 마라
봄바람에 순진한 마음 흔들어 놓고
사랑에 빠진다

봄바람이 살랑대면
가슴 설레고 내 마음 사랑하는 임이
그리워 달빛 창가에서
잠 못 이룬다

진달래 피고 핑크빛에
뒷동산이 물들어 갈 때
임의 머리엔 예쁜 꽃으로 수를 놓고
미소 짓지만
꽃잎이 휘날리고
새가 슬피 울 때면 가슴앓이에
옷깃을 적신다

봄바람아, 불지를 마라

봄바람에
내 영혼이 슬프고 내 임이 울면
책임질 수 있겠느냐

그대가 사랑을 부인한다 해도

그대가 날 말없이
사랑하는 줄 알고 있습니다
비록 사랑한다는 고백은 하지 않았지만
따뜻한 마음과
빛난 그대 눈빛에
난 사랑을 느끼고 있습니다

그대가 숨기신 사랑
그동안 얼마만큼 날 사랑하고 계셨는지는
그대 진실한 마음에서
사랑의 깊이와
무게를 두고 있습니다

그대가 끝까지
사랑을 부인한다 해도
그대 고운 미소는 창문 넘어 장미꽃처럼
소중한 나의 마음을 열어 놓고
사랑의 꽃을
피우게 합니다

모든 것 다 내어 주리라

집시와 같은 인생
마음을 내려놓을 데가 어디 있겠느냐

세상사 부질없는 것
고왔던 사랑도 명예도 미련 없이
모두 놓아버리고 떠나가니
슬프다 하지 말아 주오

꽃 같은 여인의 사랑도
애절한 여인의 눈물도 상한 영혼과
마음을 어루만져주지
못하리라

이루지 못한 꿈
모두 내려놓고
잠든 여인을 뒤로하며 새벽이 오기 전
아픔 없는 내 아버지 품으로
돌아가리라

밤은 우릴 기다리는데

푸른 밤은
우릴 기다리는데
그대는 보이지 않고 달빛에 마음을 띄워도
그댄 말이 없어
난 바보처럼 홀로 서 있습니다

깊어 가는 밤
길 없는 창가엔 별빛은 무수히 쏟아지고
반짝이던 눈빛은 촉촉해져
밤은 그리움이
가득합니다

신은 고운 밤을 꾸며
우리가 함께하게 만들어 주셨는데
그대와 마음이 닿지를 않아
이 밤도 하얀 달빛에
물들어 갑니다

수천 번 사랑한다 말해도

그대가 수천 번
사랑한다 말해도 나의 마음은 외롭고
영혼은 서글퍼집니다

그대 사랑 안에서
행복하게 머물고 있음에도 난 그 행복을
지우려 합니다

채우고 채워도 부족한 사랑
그대 가슴에 나만을 가득 채워주기를 바라기에
그대를 내 안에 가두어 가고
있기 때문입니다

바다처럼 넓지 못한 마음
그대 사랑을 간직할 그릇이 너무 작아서
오늘도 그렇게 집착하며 그대를
그리워합니다

할 말이 많아 시를 짓습니다

예전엔
시 한 편 짓기를
몇 날 며칠을 머리를 쥐어짜며 노력해도
시상이 떠오르질 않아
결국 노트를 덮고 말았습니다

그러나
당신을 사랑하며
난 하루에도 수십 편의 사랑을 위한 시를
짓습니다

시를 짓고 읊기까지
당신의 사랑이 나의 마음을 움직이고
하고 싶은 말들이
그만큼 샘솟고 있기 때문에
난 오늘도
시를 짓습니다

당신 없인 살 수 없습니다

강줄기에 물이 마르면
물고기가 살지 못하고 이 땅에 산소가 없으면
우리가 살 수가 없듯이
난 당신이 없는 세상은 단 하루도
살 수가 없습니다

내가 얼마나 마음을 두고
당신을 사랑했는지 어제도 오늘도 당신 생각으로
아무것도 못했습니다
난 지금 막 태어난 아이처럼
당신 사랑의 손길이 필요하기
때문입니다

사랑앓이

그대가 곁에서
아무 말 없이 있어만 준다 해도
난 좋겠습니다

나에겐 언제나 강 같은
그리움이 아프게 흐르고 있기 때문에
그 사랑을 지키고
싶습니다

삶이 바빠서
사랑의 인사는 자주 못 드려도
그대를 한순간도 잊질 못하고
오늘도 길 없는 창가에서
그리워합니다

그대가 소리 없이
멀리 떠나고 세상이 잠든 사이에도
난 끝없는 그리움에
그대를 위한 사랑의 기도는
간절하게 드립니다

사랑하는 그대는
나의 운명이오

소망이지만 그리움이 다가올 때면
눈물지으며 사랑앓이는
깊어만 갑니다

사랑을 고백하고 있습니다

내가 저당 잡힌
사내만 아니었더라면 예쁜 그대에게
사랑을 고백했을 겁니다

노예의 사슬이 풀리고
저 하늘이 우리의 사랑을 허락하셨다면
가슴 따뜻한 그댈 입맞춤으로
꼭 껴안았을 것입니다

인생 끝까지 그리워하며
가슴 태워도 이루어지지 않는 사랑

우리가 늦은 중간에
만나지만 않았더라도 아픔이 없는
자유로운 세상으로 떠나고
말았을 것입니다

우리의 사랑을 갈라놓아도

우리의 사랑을 긴 만리장성이
가로막아도 영원할 수밖에 없는 것은
성벽 너머 양귀비 같은 그대가
사랑의 기도를 드리고 있어
나의 가슴에도
사랑은 곱게 피어나 이젠 그 성벽도
사랑으로 무너져갑니다

두터운 성벽이
문제가 될 수 없는 것처럼 험난한 삶이
사랑을 갈라놓고 힘들게 해도
진실 하나로 맺어진 우리의 사랑은
언제나 서로 마주 보며
영원하답니다

그대는 사랑입니다

어려운 삶에 빠져
허덕일 때 날 찾아와 섬겨 주던 그대가
그저 사랑이 많으신 분인 줄로만
알았습니다

해 맑은 미소에
예쁜 모습을 애써 드러내려는 것도
그땐 정말 몰랐습니다

그러나 내 마음을
이끌어 내기 위한 그대의 속마음인
줄 뒤늦게 알았습니다

그대의 따뜻한 마음으로
나를 그토록 감싸주셨는지
예전엔 전혀 몰랐는데 세월이 흐른 뒤에
알았습니다

그대가 멀리 떠나고
그리워질 때 난 사랑이라는 것을
알았습니다

아름다운 사랑을 해라

수천 번
사랑한다 말하고
기분에 따라 말없이 돌아서 버리는
속 좁은 사람과
깊이 사귀지 마라

언젠간 그에게
찔리고 상처받는다

가진 건 없어도
성품이 곱고 가슴 따뜻한 사람이라면
가시 같은 사랑이 찾아와도
떠나지 않고
그 자리를 지킨다

가슴으로 하는 사랑

가슴 속에 핀 사랑은
가꾸지 않아도 촉촉한 그리움에
언제나 꿈결처럼 물들어 가고
사랑은 곱습니다

가슴으로 바라본 사랑은
아무리 어둡고 먼 곳에 있을지라도
영혼으로 함께하기에
그 사랑은 아름답습니다

가슴에 간직한 사랑은
모든 것을 다 내주어도 아깝지 않고
생명처럼 소중하기에
자신과도 같은 존재입니다

가슴으로 가꾼 사랑은
푸른 상록수처럼 영원히 변치 않고
허락한 그날까지
사랑은 영원하리라 믿습니다

사랑은 아직 끝나지 않았습니다

빛 되신 사랑이시여
오늘도 하늘을 우러러 그댈 그리워합니다

그대는 비록 내 곁을 떠났어도
떠났다는 생각보단 다시 돌아오리라는 생각에
이별의 현실이
도무지 믿어지지 않습니다

사랑하는 그대이시여
우린 서로 멀리 떨어져 있어도
그대의 영혼은
나의 심장에 더욱 뜨겁게 숨을 쉬고 있어
눈을 감아도 볼 수 있습니다

언약처럼 우리 사랑이
삶 끝까지 이루어지지 않았어도 내세에
다시 만날 인연
사랑은 아직 끝나지 않았습니다

사랑의 인연이라면

사랑하는 그가
멀리 떠났다고 그리워하거나
슬퍼하지 마라

아주 끝났다고 울지도 마라
사랑의 인연이라면 가는 길도 멈추고
그가 다시 찾아온다

단물만 빼먹고
잠시 머물다 간 사랑이었다면
미련도 그리움도
남아있지 않으리라

사랑하는 그가
멀리 떠났다고 그리워하거나
슬퍼하지 마라